Die Ratte

von Walter Hörmann
illustriert von Heinz Ortner

D1865863

Lesemaus-Geschichten
herausgegeben von Stefan Wilfert

Serie: Tierische Geschichten

Oldenbourg

© 1992 R. Oldenbourg Verlag GmbH, München

Das Werk und seine Teile sind urheberrechtlich geschützt.
Jede Verwertung in anderen als den gesetzlich zugelassenen Fällen
bedarf deshalb der vorherigen schriftlichen Einwilligung des Verlages.

1., gemäß der Rechtschreibreform korrigierte Auflage 1997

Unveränderter Nachdruck 00 99 98 97
Die letzte Ziffer bezeichnet lediglich das Jahr des Drucks.

Lektorat: Ute Busche und Antje Glimmann
Herstellung: Susanne Büttner
Satz: Horst Gerbert Layoutsatz-Repro, Haar b. München
Repro: Wartelsteiner GmbH, Garching b. München
Druck und Bindung: Schoder Druck, Gersthofen

ISBN 3-486-**12298**-3

Es fing damit an, dass eines Tages Steinchen und ein paar Mauerreste auf dem Pflaster vor der Haustür lagen. Die Mutter schüttelte den Kopf und kehrte den Schmutz zusammen. „Wird unser Haus schon baufällig, bricht der Putz schon ab?“, fragte sie sich. Sie war gerade dabei es wieder zu vergessen, da lag nach ein paar Tagen wieder ein Häufchen neben der Fußbodenleiste.

Jetzt schaute die Mutter die Wand hinauf und hinunter, bevor sie es mit ihrem kleinen Besen auf die Schaufel kehrte. Sie konnte nichts entdecken. Wieder schien ihr die Sache nicht wert mit jemandem darüber zu reden.
Als aber zum dritten Mal Dreck an der Stelle war, leuchtete sie mit einer Lampe in den Schatten hinter der Tür und sah ein Loch, das sie sofort dem Vater zeigte.
„Ein bisschen groß für eine Maus“, urteilte der, „aber was sollte es sonst schon sein!“
„Mäuse im Haus, das fehlt noch!“, schimpfte die Mutter.

Sie holte im Garten einen Stein und stopfte ihn in das Loch. Aber am anderen Tag war der Stein wieder draußen und neben ihm fand sie Mäusekot, der eigentlich kein Mäusekot sein konnte, weil er viel zu groß war.
Die Eltern holten einen Nachbarn, der etwas von solchen Tieren verstand.

Er nahm den Fund in die Hand
und hob ihn ans Licht. „Rattendreck!",
entschied er dann. „Eindeutig Rattendreck!"

„Pfui Teufel! Ich zieh heute noch aus!“, schrie die Mutter. Peter und Barbara griffen unwillkürlich nach ihrer Hand. Ihr Entsetzen hatte beide angesteckt. Sie wollten genauso wenig länger bleiben.
„Sauerei!“, schimpfte auch der Vater, aber der Nachbar lachte. „Wer wird denn gleich vor einer Ratte Reißaus nehmen! Als ich ein Kind war, da sind die Ratten überall nachts im Laternenschein herumgehuscht!“ Er bot dem Vater an ihm bei der Jagd mit Gift und Eisenfalle zu helfen.
Von diesem Tag an gab es nur noch ein Thema im Haus: die Ratte! Alle hörten es nagen und kratzen und keiner stieg mehr ins Bett, ohne vorher laut in die Hände zu klatschen. Längst lief auch niemand mehr barfuß durchs Haus und jeder drehte das Brot dreimal um. Es hätte ja angebissen sein können.
Jeder Augenblick war auch bei den Kindern von der Angst beherrscht dem „ekligen Vieh“ irgendwo zu begegnen.
Die Familie lebte in größter Spannung:
Alle anderen Sorgen wurden plötzlich verschwindend klein. Eltern und Kinder hätten

die glücklichsten Menschen sein können, wenn die Ratte endlich in die Falle gegangen wäre.
Aber das scheue Tier tat ihnen den Gefallen nicht. Es ließ sich vom besten Stück Speck nicht verleiten, es tappte nicht in den Hinterhalt.

Dafür aber häuften sich die Beweise, dass es die Ratte noch gab, dass sie diesen Ort weiter besetzt hielt, als wäre sie der Herr im Haus und alle anderen nur ihre geduldeten Untermieter. Die ganze Familie fing an die Ratte zu hassen. Jeder wünschte ihr nicht nur das Ende, sondern einen grausamen Tod.
Einmal kam sogar der Nachbar mit einem starken Boxerhund. Der drückte seine platte Nase vor das Loch, schnaubte und prustete, schlug wild mit seinem Stummelschwanz hin und her, schob den Teppich zu cinem Haufen

und stürmte hinter der unsichtbaren Spur her die Treppe zum ersten Stock hinauf.

„Um Gottes willen!", schrie die Mutter entsetzt. „Jetzt macht sich dieses Rattenvieh schon in unseren Schlafzimmern breit!"
Am Abend musste der Vater seine ganzen Überredungskünste aufbieten, damit sie im Haus blieb. Blass wie sie aussah, konnte sie in den vergangenen Tagen nicht viel geschlafen haben.

Auch für die Kinder blieb die Ratte immer gegenwärtig. Sie dachten in der Schule an sie. Sie aßen ihr Pausenbrot mit immer weniger Appetit, sie brauchten viel länger zum Einschlafen, sie horchten herum und erschraken vor jedem Schatten.

Drei Wochen vergingen so. Der Stahlfederbügel der Falle schien vor Spannung fast schon zu erlahmen. Sechsundzwanzig Giftkörner waren es immer noch. Kein einziges weniger. Peter und Barbara lasen über die Ratte in ihrer Naturkundefibel.
Der Vater kaufte ein eigenes Buch über Nagetiere. Schlau sei die Ratte, schlauer als jedes Tier, hieß es darin.

Und als die Mutter hörte, dass Ratten mehrmals im Jahr ein Dutzend Junge werfen, da fing sie vor Verzweiflung zu weinen an. Es wusste ja niemand, ob nicht längst zwei Ratten in diesem Haus waren, zwei Ratten, die sich schnell vermehrten, deren Junge ihrerseits noch im selben Jahr zahllose Junge zur Welt bringen konnten.

Ratten, Ratten, nichts als Ratten, die an den Lebensmitteln nagen würden, die wie vor einigen hundert Jahren in der Pestzeit die Krankheitserreger übertragen könnten.
Die Mutter sprach in diesen Tagen offen von einem Hausverkauf. Ihr konnte der ganze Garten mitsamt seinen schönen Blumen gestohlen bleiben! Zu den Marmeladengläsern und zu den Obstkisten im Keller traute sie sich längst nicht mehr hinunter! Und Besuche? Nein, der letzte reichte ihr noch! Tante Christa hatte zwar ständig versichert, dass sie sich überhaupt nichts aus Ratten mache und kein bisschen davor fürchte, aber dann schaute sie trotzdem wie lauernd um sich. Und gegessen hatte sie auch fast nichts. Man hat gleich gemerkt, dass Onkel Franz ihr vorher zugeredet hatte, sie dürfe sich ihre Angst ja nicht anmerken lassen. Die Mutter war fix und fertig hinterher.
Ungerechterweise schimpfte sie auf den Nachbarn, der auch nur große Töne spucke und nichts zuwege bringe. Wahrscheinlich meinte sie damit auch ein bisschen den Vater, der ihr zu wenig gegen die Ratte unternahm.

Jedenfalls muss er sich betroffen gefühlt haben, denn er erklärte plötzlich, er werde jetzt acht Tage Urlaub nehmen und nur „dieses verdammte Biest“ vom Keller bis zum Dachboden jagen! Und das machte er auch wahr. Er blieb daheim, er stellte gleich mehrere Fallen

auf, legte in jedem Zimmer Gift aus, sah unter die Schränke und Betten, stach mit dem umgekehrten Besen in alle Winkel von Dachboden und Keller.

Umsonst. Die Ratte blieb verschwunden und doch zweifelte keiner: Sie war noch immer da!

In der Familie war sonst viel gelacht worden. Jetzt nicht mehr seit Wochen, seit über einem Monat! Die Ratte wurde zum Teufel persönlich, zum Schicksal, das sie nicht zufällig heimsuchte, zum Gespenst, das allen nur das Schlimmste wollte. Und es war auch so, als würden sie langsam alle aufeinander böse.
Jeder reagierte gereizt.
Vaters Urlaub verging, ohne dass etwas passiert wäre. „Vielleicht ist sie längst ausgezogen?“, meinte er. „Unsinn!“, schrie ihn die Mutter an. „Du weißt genauso gut wie ich, dass dieses elende Vieh noch im Haus ist!“
Er sagte kein Wort darauf, ging wieder in seine Arbeit und sah von Tag zu Tag trübsinniger drein. Er wagte es nicht mehr, in seiner Freizeit zu lesen, in seiner Werkstatt im Keller zu basteln, den Garten irgendwie zu verschönern. Ständig ging er umher, rückte Stühle, hob Matratzen, schichtete Bretterstöße um, stieß mit dem Schuh gegen das Brennholz.
An einem Sonntagnachmittag fiel dem Vater ein kleiner Schacht im Keller ein, der einst vorsorglich gegen einsickerndes Regenwasser gebaut worden war.

Er hatte sich im Lauf der Jahre als unnötig erwiesen. Man hatte Schachteln und Kisten darüber gestellt und ihn vergessen.
„Komm! Das ist die letzte Möglichkeit!“, sagte er plötzlich zu Mutter. In hohen Gummistiefeln, mit einer Harke und anderem Gartengerät bewaffnet, stiegen sie in der seltenen Einigkeit, die nur äußerste Verzweiflung schafft, gemeinsam die Betontreppen zum Keller hinunter.
„Du stellst dich da auf den Stuhl und hebst langsam mit der Harke den Deckel. Ich schlag dann zu!“, erklärte der Vater.
Der Mutter klopfte das Herz bis zum Hals, aber sie fasste tapfer und vorsichtig zugleich mit einem Ende der Harke den Bügel an dem hölzernen Deckel.
„Jetzt!“, flüsterte der Vater und hob zum Schlag einen eisernen Stampfer, mit dem er im Garten die Wege für das Steinpflaster geglättet hatte. Und dann flog der Deckel, und da war die Ratte, und der Vater schlug nicht, und die Mutter starrte, und die Ratte lief nicht, und Ratte und Mutter und Vater sahen sich an …
Was war los?

Die Ratte lag da mit rundem Bauch in den Resten eines Teppichs, den die Mutter als ihren alten Bettvorleger gleich wieder erkannte. An ihr hing ein Dutzend Rattenkinder, die schon ein bisschen Haare hatten über der rosigen Haut. Und wie die Ratte die Eltern aus ihren Rattenäuglein so zwischen Angst und Flehen anschaute, da hörten Vater und Mutter deutlich ein feines Schmatzen von einem der Rattenkinder, die nicht aufgehört hatten aus ihrer Mutter die warme Milch zu saugen.

Es war lange still im Keller. Leise stiegen Mutter und Vater dann wieder die Treppe hinauf.
Die Ratte hat in der folgenden Nacht ein Junges ums andere vorsichtig in ihr kleines Maul genommen und fortgetragen.
„Wohin wohl?“, fragte die Mutter ein paar Tage später mitten unter dem Essen.
Und ihre Stimme klang ganz weich dabei.

Walter Hörmann

Ein Regenwurm wird zehn Jahre alt, ein Hering zwei. Ich bin jetzt so alt wie sechs Regenwürmer und vier Heringe zusammen. Das ist nicht viel, denn eine Gans wird 80, ein Aasgeier 100 und eine Riesenschildkröte sogar über 200 Jahre. Außerdem sammle ich Versteinerungen. Ich hab einen Tannenzapfen, der ist 35 000 Jahre alt, einen Elefantenzahn mit elf Millionen, einen 40 Millionen Jahre alten Zweig mit Blatt und – drei Finger aufs Herz – den zweihundert Millionen Jahre alten Fußtritt eines Sauriers! Da bleibt man selber jung. Geboren bin ich in Rosenheim, wo der Inn aus den Bergen fließt. Ich hab noch den Geruch von Kartoffelfeuern in der Nase und den von den Weidengerten, die wir als Buben in der Flussau mit unseren Messern schnitten. Noch heute kann ich einen flachen Stein so übers Wasser werfen, dass er 29-mal aufspringt. Das ist mein Rekord.

In der Schule war ich eigentlich viel zu lang. Ich hätte lieber Sachen gelernt, die ein Indianer weiß. Und es reut mich auch, dass ich dreißig Jahre lang für Zeitungen geschrieben habe. Denn wenn einer großen Leuten etwas Besonderes sagen möchte, dann denken sie gleich, der spinnt. Wenn ich aber zum Beispiel Kindern erzähle, dass ich manchmal in der Nacht Angst kriege, wenn die Sterne so weit sind und wenn ich nicht verstehen kann, was die Bäche reden und was der Wind sagen will, dann können sie das schon begreifen. Ich schreibe jetzt nur noch für Kinder.

Lesemaus-Geschichten

herausgegeben
von Stefan Wilfert

NEU

Serie:
Alles Gute!
Herzlichen Glückwunsch!
Frohes Fest!

Bekannte Kinderbuchautorinnen und -autoren erzählen sechs Geschichten zum Thema, Ostern, Muttertag, Weihnachten und zu anderen Feiertagen im Jahreslauf.

In Vorbereitung u.a.:

Am Muttertag ist die Mutter das Wichtigste
von Laura Feuerland, Best.-Nr. 04318-8

Richtig suchen und falsch suchen
von Gudrun Mebs, Best.-Nr. 04320-X

Kirchweih und Kikeriki
von Walter Hörmann, Best.-Nr. 04321-8

Weihnachtszeit voller Geheimnisse
von Tilde Michels, Best.-Nr. 04322-6

Der besondere Tag
von Laura Feuerland, Best.-Nr. 04317-X

Serie:
Menschliche
Geschichten

Elsa
von Gina Ruck-Pauquèt, Best.-Nr. 04441-9

Kaputtes Knie
von Gudrun Mebs, Best.-Nr. 04442-7

Das Nachrichtenband
von Frieder Stöckle, Best.-Nr. 04440-0

Streitlust
von Hannelore Voigt, Best.-Nr. 04438-9

Pauli Schussel und Claudia Sommersprosse
Geschichten von Martin Auer und
Ditte Clemens, Best.-Nr. 04437-0

Tinka ist das tollste Pferd der Welt
von Klaus Peter Wolf, Best.-Nr. 04439-7

Serie:
Tierische
Geschichten

Die Ratte
von Walter Hörmann, Best.-Nr. 12298-3

Auch Mäuse mögen Weihnachtsplätzchen
von Tilde Michels, Best.-Nr. 12301-7

Wie der Tiger überlistet wurde
von Kedar Nath, Best.-Nr. 12299-1

Das Mädchen Eisenstein und der Rabe Fritz
von Klaus Kordon, Best.-Nr. 12304-1

Der Kuckuck
von Bruno Keiser, Best.-Nr. 12297-5

Die Spinne, die Giraffe und die Neugier
Geschichten von Helmut Glatz und
Henky Hentschel, Best.-Nr. 12302-5